AF222872

Die Deutsche Nationalbibliothek verzeichnet diese Publikation in der Deutschen Nationalbibliografie; detaillierte bibliografische Daten sind im Internet über http//dnb.d-nb.de abrufbar

Satz, Herstellung und Verlag:
Books on Demand GmbH, Norderstedt
ISBN: 978-3-8391-3132-9

Margitta Lissner

Traumland

Erinnerungen

Es gibt kein Alter, in dem alles so irrsinnig intensiv erlebt wird wie in der Kindheit. Wir Großen sollten uns daran erinnern, wie das war.

Astrid Lindgren

Für meine Söhne
Stefan und André

Oktober 2009

Der Umzug

Gleich am Einzugstag bekam ich die ganze Kinderschar zu sehen, die bereits in den neu errichteten Häusern im Osten der Stadt wohnte.

Sie standen alle vor dem Haus Nummer 39 und betrachteten voller Interesse den Möbelwagen, der auf dem Hof parkte. Da waren Jungen im Alter meines Sohnes, so um die acht oder neun und Mädchen, etwa so alt wie meine kleine Tochter, die vier war.

Sie standen und staunten, als hätten sie noch nie einen Umzugswagen gesehen.

Da hatten meine beiden ja genügend Spielkameraden, vielleicht würde ihnen der Umzug vom Dorf in die Stadt dann leichter fallen. Der

Abschied von ihren Freunden war schwer genug gewesen. Es war ja nicht nur ein Abschied von einer vertrauten Umgebung, in der sie gern gelebt hatten und von den Tieren, die sie liebten, es war vor allem ein Abschied vom ständigen Zusammenleben mit den Großeltern.

Am Wochenende fuhren mein Mann und ich in das kleine Dorf am Rande der Dübener Heide, um die Kinder abzuholen. Mein Großer begrüßte mich gleich mit der bangen Frage: „Sind da Kinder, wo wir jetzt wohnen? Und gibt es da einen Fußballplatz?"

Mein Sohn Dieter war ein begeisterter Fußballspieler.

„Sicher", sagte ich, „du wirst schon sehen."

Meine kleine Tochter hatte bereits ihre Puppen zusammen gepackt. Sie freute sich auf den Umzug, sie sah das Leben noch unkompliziert.

Die Fahrt nach E. verlief schweigsam. Nur unsere Kleine plapperte unaufhörlich, bis sie zu müde wurde und einschlief. In unserem neuen Domizil angekommen, brachte ich die kleine Marianne gleich ins Bett und zeigte unserem Sohn sein Zimmer in der Dreiraumwohnung, das er gemeinsam mit seiner Schwester bewohnen würde.

Vom Fenster aus konnte man auf einen großen Platz schauen, auf dem Kinder Fußball spielten.

„Na, ist das nicht schön hier?", fragte ich, um Anerkennung bemüht.

„Ja, ja, geht schon. Fast wie zu Hause", sagte er beängstigend still.

Ich wusste: Er war voller Erwartungen auf das Neue in die Stadt gekommen. Doch nun war er irgendwie enttäuscht. Doch mit Rücksicht auf mich sagte er nichts. Er verkroch sich in seinem Zimmer. Ein Glück, dass wenigstens Mimi mit umgezogen war. Mimi war seine Schildkröte. Die hatte keine Probleme mit der neuen Umgebung.

Einen ganzen Vormittag lang hockte Dieter am Fenster und blickte sehnsüchtigen Blickes auf den Fußballplatz, wo Kinder spielten. Er litt unter seinem Alleinsein. Wehmütig schaute er den Jungen beim Ballspiel zu. Ich kochte ihm sein Lieblingsessen, ich versuchte ihn mit Gesprächen abzulenken – alles umsonst. Immer wieder glitt sein sehnsüchtiger Blick hinaus ins Freie.

Und dann, endlich. Nach dem Mittagessen nahm er seinen Ball und ging nach draußen. Dort kickte er seinen Fußball gegen die Hauswand. Heimlich lugte er immer wieder zu den anderen Kindern hin. Dieter ließ immer die anderen zuerst kommen, das war so seine Art.

Plötzlich flog ihm ein Fußball an den Kopf. Die Jungen grölten schadenfroh. Doch mein Sohn reagierte verblüffend souverän. Er lief dem Ball nach, drippelte ihn zum Spielfeld und hievte ihn mit einem gewaltigen Schuss ins Tor hinein. Wieder grölte die Jungenschar, dieses Mal vor Begeisterung. Und schon war mein Großer ins Spiel eingebunden. Um ihn musste ich mir wohl keine Sorgen mehr machen. Hoffentlich klappte es bei der Kleinen auch so gut.

Der Puppenwagen

Marianne fragte ständig nach ihrem Vater und den Großeltern. Sie hatte noch nicht begriffen, dass der Umzug in die Stadt etwas Endgültiges war. Hier hatte sie keinen Großvater, der für sie Spielzeug bastelte oder eine Großmutter, die ihr vorlas. Hier musste sie alleine spielen. Mädchen in ihrem Alter gab es mehrere, aber sie konnte nicht mitspielen, denn sie hatte keinen Puppenwagen.

Immer wieder schaute ich von meinen Näharbeiten auf in den Hof, wo die Kinder spielten. Marianne hatte ihre Puppen in eine Fußbank gelegt, die sie vorher mit Stoff gepolstert hatte. Die anderen Mädchen fuhren stolz ihre Puppen in einem Puppenwagen spazieren. Traurig blickte meine

Tochter hinterher. Mir tat das Herz weh. Ich hätte ihr so gern einen Puppenwagen gekauft, aber ich hatte kein Geld. Ende der fünfziger Jahre war mein Mann an Tuberkulose erkrankt und lag in einer Klinik und ich hielt mich mit Flickarbeiten über Wasser. Das bisschen was ich verdiente, reichte gerade so zum Leben.

In dem Geschäft an der Ecke stand ein wunderschöner Sportpuppenwagen im Schaufenster. Ich hatte an den sehnsüchtigen Blicken meiner Tochter erkannt, wie sehr sie sich solch einen Wagen wünschte.

„Mutti, kaufst du mir den Puppenwagen? Ich möchte so gern diesen dort haben." Sie zeigte auf den hübschen Wagen, der weiß und grün lackiert hinter dem Schaufensterglas leuchtete.

Ich strich ihr über den Kopf und zog sie sacht vom Fenster weg. „Wenn Vati wieder da ist, Marianne, dann kann ich dir den Wagen kaufen. Jetzt braucht Vati unsere Hilfe, damit er schnell wieder gesund wird. Das verstehst Du doch, Du bist doch schon groß? Du möchtest doch sicher auch, dass er schnell wieder zu uns nach Hause kommt?"

Meine Kleine nickte. Ernsthaft antwortete sie: „Das verstehe ich. Ich werde warten, bis Vati wieder da ist."

Marianne sprach nicht wieder über den Puppenwagen, weil sie wusste, dass sie damit ihre Mutti traurig machte.

Doch dann sah sie einen nagelneuen Puppenwagen neben dem Eingang eines Nachbarhauses stehen. Die Räder und der Lenker blitzen regelrecht in der Sonne. Marianne betrachtete ihn andächtig und seufzte. Was da vor ihr stand, war das Abbild ihrer Träume. Sie hatte noch nie einen richtigen Puppenwagen besessen, nur einen kleinen Kasten auf Rädern, den ihr der Großvater gebaut hatte. Es musste herrlich sein, damit spazieren zu fahren. Die Besitzerin des Sportwagens wohnte sicher in diesem Haus. Und sie ließ den Wagen einfach so hier stehen, jeder konnte ihn fortnehmen. Aber sie wollte ihn ja nicht fortnehmen, sie wollte nur einmal damit um den Häuserblock spazieren fahren. Nur vorbeigehuscht war der Gedanke, doch er ließ sie nicht mehr los. Der Wunsch wurde so mächtig, dass sie behutsam nach der

Lenkstange griff und losschob. Wie schön sich das anfühlte. Stolz fuhr sie die Straße entlang.

„Du hast aber einen schönen Puppenwagen." Die alte Frau war plötzlich neben ihr aufgetaucht und schaute in den Wagen hinein. „Und was für eine hübsche Puppe. Wie heißt die denn?"

Marianne erstarrte. Das war ja gar nicht ihr Wagen. Und wie die Puppe hieß, wusste sie auch nicht.

„Ich, ich...", stotterte sie und schaute die alte Dame unsicher an.

„Habe ich dich erschreckt?", fragte diese besorgt. „Na dann will ich dich nicht weiter bei deinem Spaziergang stören." Sie strich dem Mädchen über den Kopf und ging weiter.

Marianne blieb nachdenklich stehen. Und wenn plötzlich jemand kam, der sie kannte? Wenn gar die Mutter käme? Wie sollte sie ihr erklären, wo der Puppenwagen herkam? Und auf einmal kam ihr das Wort Diebstahl in den Sinn. Sie hatten im Kindergarten gelernt, dass man nichts wegnehmen durfte, was anderen gehörte. Und was hatte sie gerade getan? Wenn man sie fand, würde man sie sicher bestrafen. Das Beste war, umzukehren. Hastig lief sie den Weg zurück und stellte den Puppenwagen wieder vor die Tür des Hauses. Sie atmete auf. Niemand hatte bisher etwas von dem Diebstahl bemerkt. Alles war ruhig wie zuvor. Dass nur wenige Minuten vergangen waren, ahnte sie nicht. Ihr erschien es wie eine Ewigkeit. Beschämt kehrte sie nach Hause zurück.

„Na, da bist du ja wieder", begrüßte ich meine Tochter. „Gleich gibt es

Abendessen. Aber vorher muss ich dir noch etwas zeigen." Ich nahm sie bei der Hand und führte sie ins Kinderzimmer. Neben dem Bett stand ein Puppenwagen. Nicht mehr neu, aber liebevoll bemalt und von mir innen mit Stoff bezogen. Glücklich schaute ich meine kleine Tochter an.

„Freust du dich?"

„Ist der für mich?", fragte sie kaum hörbar.

„Er gehört dir", sagte ich glücklich. „Frau Richter aus der Nachbarschaft hat ihn gebracht. Ihre Töchter sind schon groß, sie brauchen ihn nicht mehr. Und sie schenken ihn dir."

Gab es das? Dass man ihr einen Puppenwagen schenkte, gerade heute?

„Was ist, du freust dich ja gar nicht. Gefällt er dir nicht?"

„Doch", würgte Marianne hervor. Und schämte sich. War das ein Zufall? Oder gar ein Wunder? Wie konnten diese beiden Dinge geschehen – an einem Tag?

Sie stand vor dem Puppenwagen und rührte ihn nicht an. Plötzlich traten ihr Tränen in die Augen. Wie furchtbar wäre es gewesen, wenn sie den Puppenwagen gestohlen hätte. Sie war doch schon groß, fast vier Jahre alt, da musste man wissen, dass man nicht stehlen durfte. Und ihrer Mutti hätte sie sehr weh getan. Nie mehr, nie mehr in ihrem Leben würde sie etwas nehmen, was nicht ihr gehörte, auch wenn es nur für kurze Zeit war. Nie wieder würde sie ein Unrecht tun. Nie, nie, nie.

„Was ist denn, Marianne, was hast du", fragte ich besorgt.

„Nichts, Mutti, nichts. Ich bin sehr glücklich." Marianne kam zu mir und drückte mich ganz fest. Beruhigt strich ich ihr übers Haar. Sicher hatte sie die Freude überwältigt, plötzlich einen Puppenwagen geschenkt zu bekommen. Von den Gedanken meiner Tochter ahnte ich nichts.

Besuch bei den Großeltern

Dieter duckte sich ins Gras. Er hatte Pfeil und Bogen neben sich liegen, eine Holzaxt steckte im Gürtel. Dieter war ein Indianer. Ein Sioux auf der Jagd. Vorsichtig schlich er sich an das Wild heran. Hinter ihm Brigitta, seine gleichaltrige Cousine, auch als Indianer verkleidet. Mit lautem Gebrüll stürzte sich Dieter auf die Büffel, die wild auseinander stoben.

Die Großmutter hörte das Geschrei und schaute zum Küchenfenster hinaus. „Werdet ihr wohl die Hühner in Ruhe lassen", schimpfte sie, „wenn ihr sie jagt, legen sie keine Eier mehr!"

Dieter und Brigitta blieben abrupt stehen. Keine Eier mehr? Nein, das wollten sie nicht. Mussten sie halt andere Tiere jagen. Enten waren ja auch noch da. Es war ein Geschnatter, Geschimpfe und Gezeter im Hinterhof. Man konnte meinen, eine ganze Horde Bisons sei ausgebrochen.

„Was ist denn hier los?"

Mein Mann betrat die Küche. Ich folgte ihm, die kleine Marianne an der Hand.

„Wir haben Indianer im Garten", schmunzelte der Großvater, „die jagen gerade Büffel."

Alle lachten.

„Da werde ich den Jägern mal unter die Arme greifen und bei der Jagd mithelfen." Mein Mann sprang aus dem ebenerdigen Küchenfenster in den Hinterhof, schnappte sich eine ‚Waffe' und kreiste die Tiere ein, sehr zur Freude der Kinder. Man hörte das

Gelächter und Geschrei bis in die Küche.

„Ich will auch mitmachen." Die fünfjährige Marianne war auf den Hocker geklettert und schaute zum Fenster hinaus.

„Du bist noch zu klein", sagte ich und wollte sie vom Fenster weg ziehen.

„Ich bin gar nicht zu klein, ich will auch ein Indianer sein." Trotzig hielt sie sich am Fensterbrett fest und versuchte, aus dem Fenster zu klettern.

„Warte", der Großvater hielt sie zurück, „erst einmal müssen wir einen Indianer aus dir machen." Gesagt, getan. Doch die beiden Großen machten sich einen Spaß daraus, die Kleine zu ärgern. Sie versteckten sich und immer, wenn Marianne glaubte, sie erwischt zu haben, liefen sie lachend davon.

Meine Tochter war traurig. Doch der Großvater tröstete sie. „Ich habe da eine Idee. Warte nur, den beiden werden wir es zeigen."

Der Abend nahte. Schon ging die Sonne am Horizont unter. Es war Zeit für die Kinder, schlafen zu gehen. Wie bereits am vergangenen Tag wollten Brigitta und Dieter im Indianerzelt übernachten. Marianne hörte sie im Zelt herumwirtschaften. Sie hatte sich im Bett an ihren Großvater gekuschelt, der ihr eine Geschichte erzählte. Der Großvater konnte wunderbare, selbst erdachte Geschichten erzählen. Die Kinder waren immer ganz gebannt, vor allem von den Abenteuern des ‚Hauptmann Schinderhannes'. Heute hatte er sich extra für seine jüngste Enkeltochter ein Märchen ausgedacht, als Trost, weil sie nicht mit im Zelt schlafen durfte.

Plötzlich raschelte es am Fenster.

„Opa", Marianne rutschte noch dichter an ihren Großvater heran, „was ist das?"

Der Großvater legte beruhigend den Arm um seine Enkeltochter. „Das sind Dieter und Brigitta, die lauschen heimlich. Ich werde leiser sprechen, damit sie nichts verstehen können. Heute erzähle ich nur für dich."

Nicht lange darauf gab es einen fürchterlichen Lärm im Hinterhof. Es fauchte und zischte, dann ein Scheppern, ein Wehgeschrei und wildes Getrappel, das erst im Schlafzimmer bei den Großeltern halt machte.

„Dürfen wir heute hier schlafen?"

Erstaunt schauten die Großeltern auf die geheimnisvollen, nachtdunklen Gestalten vor ihren Betten.

„Wieso, ich denke, ihr wolltet im Zelt übernachten?" Die Großmutter war aufgestanden und hatte das Licht angeschaltet. Vor ihr standen zwei atemlose und ziemlich aufgeregte Kinder.

„Nun weißt du, es ist doch ziemlich kalt und außerdem..." Dieter schwieg berschämt. Unsicher schaute er seine Großmutter an. Diese lächelte wissend. „Nun denn, wenn es so kalt im Zelt ist, dann werden wir halt die Betten hier für euch herrichten."

Marianne klatschte in die Hände. „Au fein, nun müsst ihr doch hier schlafen. Aber die Gutenachtgeschichte hat Opa bereits erzählt, da gibt es keine mehr. Stimmt's, Opi?"

„Stimmt, Mariechen. Aber etwas wundert mich doch. Habt ihr vorhin nicht das eigenartige Geräusch gehört? Ich dächte, da ist irgendwas im Hof gewesen. Ist das vielleicht schuld an eurem Entschluss, doch im Zimmer zu schlafen?"

„Ach wo, wo denkst du hin, Opa. Da war nichts. Es war nur zu kalt."

Die beiden Großen kletterten in die Betten.

„Da haben wir sie also wieder, unsere beiden Helden", flüsterte der Großvater seiner jüngsten Enkelin verschwörerisch zu. „Und nur wir beide wissen, was sie zu ihrer Flucht veranlasst hat. Aber psst, nichts verraten, das bleibt unser Geheimnis."

Meine Tochter nickte. Sie strahlte ihren Opa an. „Du bist doch der Beste, Opi."

Und der blieb er für sie, sein ganzes Leben lang.

Der Mann mit den vier Beinen

Bis in meine Nähstube war das Geschrei der Jungen auf dem Fußballplatz zu hören. Von meiner Nähmaschine aus konnte ich den Teil des Hofes überblicken, der sich an den Wäscheplatz anschloss und von Bäumen und Sträuchern überwuchert war. Meine Tochter Marianne, von allen nur Janni gerufen und ihre beste Freundin Ursula, Uschi genannt, hatten im Gras eine Decke ausgebreitet und spielten mit ihren Puppen. Sie gingen beide in dieselbe Klasse und waren unzertrennlich. Als ich wieder aufschaute, sah ich, dass sich Mona, ein Mädel aus dem Nachbareingang, zu ihnen gesellt hatte.

Ich schmunzelte vergnügt, nachdem ich den Mädchen eine kleine Weile bei ihrem Spiel zugesehen hatte. Kaum hatte ich mich wieder an meine Nähmaschine gesetzt, wurde ich durch ein stürmisches Klingeln an der Wohnungstür aufgeschreckt. Vor der Tür stand mein Sohn Dieter, verdreckt, zerschrammt und – völlig aufgelöst.

Mit bitterbösem Gesicht ging er an mir vorbei und schimpfte: „Diese Dussel, nicht mal richtig Fußball können die spielen. Und dann noch sagen, es war kein Tor. Natürlich war es ein Tor, der Ball war über der Linie, ich habe es genau gesehen. Die können nicht verlieren, das ist es. Mit denen spiele ich nicht mehr." Wütend warf er sich auf die Couch, die Arme vor der Brust verschränkt und stierte vor sich hin. Ich wusste, dass ich in solchen Augenblicken nichts sagen durfte. Mein Sohn war ein talentierter Fußballspieler – er spielte bereits in der ersten Schülermannschaft bei Chemie E. – aber eines konnte er nicht: verlieren. Ich wollte ja nicht unterstellen, dass der Ball nicht über der Linie gewesen war, aber Dieter musste endlich lernen, eine Niederlage als Sportler hinzunehmen. Ich ließ ihn in seinem Trotz liegen und widmete mich wieder meiner Arbeit. Nicht lange, da klingelte es erneut. Dieses Mal stand Winfried vor der Tür.

Winni, wie er von allen nur gerufen wurde, war ein dicker Junge mit einem runden Lausbubengesicht, aber gutmütig und aufrichtig in seinem Charakter.

„Frau Gessner, ist Didi da?"

„Ich werde mal nachsehen", sagte ich und ging ins Wohnzimmer. Dort lag noch immer mein Sohn, mit sich und der ganzen Welt zerstritten.

„Hab schon gehört", brummte er nur, stand auf und ging zur Tür.

Ich hörte nur Wortfetzen wie „wir brauchen dich, du bist doch der Beste, wir sind fast am Gewinnen..."

Ich musste schmunzeln, ich wusste genau, was nun kommen würde. Da tauchte mein Sohn auch schon in der Zimmertür auf.

„Ich geh mal wieder raus. Die brauchen mich. Ohne mich würden die nur verlieren. Bis dann." Und schon war er verschwunden. Ich schaute meinem Sohn erstaunt hinterher. Wie schnell er doch wieder versöhnt war. Sichtlich mit sich zufrieden kickte er den Fußball vor sich her, während

Winni armwedelnd um ihn herumkreiselte, krampfhaft bemüht, Schritt mit dem Freund zu halten. Dabei redete er ununterbrochen auf Dieter ein. Kurz darauf war das Spiel wieder in vollem Gange. Gegen Abend kehrte mein Sohn vom Spiel zurück, glücklich und zufrieden über den Sieg.

Nach dem Abendessen, es war bereits dunkel, vermisste er seinen Fußball.

„Den habe ich auf dem Spielfeld vergessen. Ich muss noch mal schnell raus." Sagte es und war auch schon verschwunden. Nach einer Zeit stand er wieder vor der Tür, aufgeregt und völlig aus dem Häuschen.

„Mutti, vor der Tür steht ein Mann. Der hat vier Beine und nur einen Kopf."

Ungläubig schüttelte ich den Kopf. „Da hast du dich gewiss getäuscht." „Ich habe mich nicht getäuscht. Ich habe es genau gesehen. Komm mit, ich zeige es dir."

Mit der Taschenlampe in der Hand folgte ich leise meinem Sohn. Und da sah ich es auch: An die Hausecke gelehnt stand eine Person mit vier Beinen und einem großen Kopf. Das gab es doch nicht! Als meine Taschenlampe auf dieses unheimliche Wesen traf, bewegte es sich plötzlich und das Knäuel begann sich zu entwirren. Und da sahen wir es beide: Dieses vierbeinige Individuum war Karl-Heinz, der siebzehnjährige Sohn der Familie S. aus unserem Haus. Die anderen beiden Beine gehörten zu einem Mädchen, das an die Hauswand gelehnt, in einem alles um sich herum vergessenden Kuss, versunken war. Erschrocken, aber auch ziemlich verlegen, blinzelten beide in das Licht meiner Taschenlampe.

Lachend sagte ich zu meinem Sohn: „Da hast du den Mann mit den vier Beinen."

Dieter stand staunend da und schaute von einem zum anderen. Er verstand nicht so ganz, was sich hier abgespielt hatte. Wir anderen drei dafür umso besser.

Das Pilzfest

Es war ein schöner sonniger Spätsommertag. Ich kam gerade nach Hause – ich arbeitete seit einiger Zeit im Chemiewerk vor Ort - als eine empörte Nachbarin auf mich zukam.

„Frau Gessner, so geht das aber nicht. Seit zwei Stunden spielen ihre Kinder und ihre Freunde im und vor dem Haus verstecken. Dieser Lärm ist unerträglich."

„Aber Frau Lange, es sind Kinder. Und irgendwo müssen sie ja spielen."

„Sicher, aber nicht gerade im Haus. Das lasse ich nicht zu. Und wenn sich das nicht ändert, werde ich mich beschweren."

Diese alte Schachtel, immer hatte sie was zu meckern. Selber keine Kinder, aber sich aufregen.

Doch laut sagte ich: „Ich werde mich darum kümmern."

Ich fand die ganze Rasselbande im Waschhaus vereint. Still saßen sie da und lauschten gespannt einer Geschichte, die Heidi vorlas. Heidi war die Tochter eines Lehrerehepaares. Ihre Eltern waren oft bis spät in die Nachtstunden unterwegs und so wuchs das Kind hauptsächlich bei ihren Großeltern auf. Sie wirkte ein wenig altklug, war aber ein freundliches und liebenswertes Mädchen. Ich hörte ein Weilchen zu, dann sagte ich: „Wenn ihr fertig seid, spielt ihr aber wieder draußen. Und seid leise, wenn ihr das Haus verlasst."

Die Kinder nickten stumm, doch gleich wieder wandten sie sich ihrer

Vorleserin zu und hingen gespannt an ihren Lippen.

„...und wenn sie nicht gestorben sind, dann leben sie noch heute." Heidi klappte das Buch zu und schaute sich um. „Das war's. Und was machen wir nun?"

Schulterzucken und unschlüssiges Kopfschütteln waren die Antwort.

„Ich weiß was", Mona, die in dieselbe Klasse wie Heidi ging und ein Jahr älter war als Marianne und Uschi, hatte wie in der Schule den Finger gehoben, um sich bemerkbar zu machen. Verlegen zog sie ihn schnell wieder zurück. „Wir spielen verstecken."

„Ach, verstecken, das ist doch langweilig." Janni zog einen Schmollmund. „Ich weiß etwas Besseres. Wir gehen zur Sandgrube."

Die anderen Kinder stimmten begeistert zu. Die Sandgrube war ein beliebter Spielplatz, wenn auch nicht ungefährlich und daher verboten. Nur Heidi sagte zögerlich: „Das dürfen wir doch nicht."

Doch die anderen unterbrachen sie unwirsch.

„Entweder du kommst mit oder du lässt es sein. Feiglinge brauchen wir nicht."

Gesagt, getan, die Gruppe sauste los. Der dicke Winni, der nur mit Fußballspielen durfte wenn Not am Mann war – und heute waren genug gute Spieler vorhanden - schloss sich der Mädchengruppe an.

„Halt", nehmt mich mit, „ich kann nicht so schnell." Ächzend und immer wieder verschnaufend folgte er den Mädchen.

Janni und Mona liefen bereits über die Wiese, die sich vor der Sandgrube befand.

„Na, los", rief Janni und sprang über einen kleinen Graben. Die anderen folgten ihr. Winni, der sich langsam an die Gruppe herangearbeitet hatte, wollte ebenfalls über den Graben springen, verfing sich aber in einer Graswurzel und fiel der Länge lang hin.

Die Mädchen kicherten schadenfroh. Der Dicke, nicht mal über den kleinen Graben konnte der springen.

Uschi hielt sich den Bauch vor Lachen und ließ sich ins Gras fallen. Die anderen taten es ihr nach.

Plötzlich rief Mona: „Guckt mal, was hier wächst: lauter Pilze."

„Das sind Kuhkleckerchen", erklärte Uschi ganz stolz, „die kann man essen."

„Wirklich?" Neugierig bestaunte die kleine Schar die winzigen Pilze. Janni nickte. „Ja, die Pilze kann man essen. Ich kenne sie auch. Richtig heißen sie Nelkenschwindlinge. Ich weiß das von meinem Vati." Jannis Vater war ein eifriger Pilzsammler.

„Ich habe Hunger", meldete sich plötzlich Winni.

„Du immerzu mit deiner Esserei", empörte sich Mona. „Aber wisst ihr was?" Sie sah sich in der Runde um. „Wir sammeln die Pilze und braten sie. Dann machen wir ein richtiges Pilzfest."

Alle waren begeistert. Schon nach kurzer Zeit hatten sie alle vorhandenen Hosentaschen, Kleider und Hände voller Pilze. So kamen sie zu Hause an.

„Mutti, Mutti, sieh mal, was wir gefunden haben." Marianne streckte mir strahlend ihre Schürze entgegen. Ich bestaunte gehörig die vielen Pilze. „Das habt ihr ja toll gemacht. Wisst ihr, was wir damit machen? Ich werde sie euch braten, mit ganz vielen Eiern dran und dann werden wir sie gemeinsam essen."

Als ich nach einiger Zeit ins Waschhaus kam, hörte ich laute Stimmen. Wenn das die Frau Lange hörte, gab es wieder Ärger! Leise betrat ich den Raum und schaute mich erstaunt um. Da waren nicht nur Marianne, Uschi, Mona, Heidi und Winni versammelt, nein, auch Dieter und einige Freunde vom Fußballspielen hatten sich dazu gesellt. Den Waschtisch hatten sie in die Mitte des Raumes gestellt und davor Holzpritschen als Bänke. Ich wurde mit lautem Hallo begrüßt. Schnell wurden noch Teller und Besteck geholt, ich schmierte noch einige Brote und dann ließen wir es uns schmecken.

Plötzlich ging die Tür auf. Neugierig schauten mein Mann, Herr und Frau Just aus der zweiten Etage und die Eltern von Uschi und Kurt auf das lustige Treiben.

„Dürfen wir mitmachen?" Die Eltern schauten fragend auf die Kinder. Diese nickten erfreut. „Ja, ja, riefen sie laut. Wir feiern ein Pilzfest und ihr seid alle eingeladen."

Lachend und schwatzend rückten alle zusammen. Nach dem Essen wurde erzählt und gesungen. Es ging ziemlich laut zu. Es war also kein Wunder, dass plötzlich Frau Lange in der Tür stand. Sie wollte gerade anfangen zu schimpfen als mein Mann lächelnd auf sie zuging, den Arm um sie legte und sagte: „Schön, dass Sie auch kommen, Frau Lange. Wir haben schon auf Sie gewartet. Nun wird es erst ein richtiges Hausgemeinschafts - Pilzfest."

Frau Lange wollte protestieren, doch sie kam nicht dazu. Alle umringten sie und jeder wollte mit selbstgemachter Brause mit ihr anstoßen. Von diesem Tag an schimpfte Frau Lange nie mehr über die Kinder, wenn sie mal im Haus spielten.

Es wurde ein sehr schöner Abend. Und von Zeit zu Zeit wiederholten wir solch ein gemeinsames Beisammensein unter Nachbarn, das später auf dem Hof, unter den Bäumen, als Straßenfest stattfand.

Gefährliche Spiele

„Ist Janni da?" Uschi stand vor der Wohnungstür und schaute mich fragend an.

„Ja, Marianne ist da. Warte, ich hole sie."

Nach einer kurzen Weile kam meine Tochter zu mir. „Mutti, ich brauche etwas Geld für Schulhefte. Ich gehe mit Uschi zu Seidels, Schulsachen kaufen."

Ich gab ihr das Geld. Meine Kinder bekamen kein Taschengeld. Auch Anfang der Sechziger war bei uns das Geld immer noch knapp. Die Kinder waren bescheiden, sie stellten diesbezüglich keine Ansprüche. Wenn sie Geld für die Schule oder das Kino brauchten, bekamen sie es.

Die beiden Mädchen marschierten los.

„Hast du schon gehört? Rita hat einen Freund", begann Uschi zu erzählen, „ich habe sie gestern mit ihm gesehen."

Rita war ein rothaariges Mädchen aus dem Nachbarhaus, mit vielen Sommersprossen, schon dreizehn Jahre alt und sehr hübsch.

Einen Freund. Wie romantisch.

„Wie seht er denn aus?" Janni konnte sich ihre Neugier nicht verkneifen.

„Ach, so ein langer Kerl mit dunklen Haaren. Er geht auch in unsere Schule, in die zehnte Klasse."

„Schon in die zehnte Klasse?", staunte Marianne. „Wenn ich mal so alt bin, will ich auch einen Freund haben. Er muss groß sein und blond.

Und blaue Augen muss er haben." Die Mädchen kicherten.

„Na, was gibt es denn so lustiges?" Jürgen und Lothar, zwei Jungen aus ihrer Klasse, hatten sich von hinten an die beiden heran geschlichen. Die Mädchen schauten erschrocken, dann kicherten sie abermals. „Ach, nichts, jedenfalls nichts, was euch was angehen würde."

Die Jungen taten beleidigt, doch dann fragte Jürgen: „Kommt ihr mit? Wir wollen zu Schwarzens gehen."

Schwarzens war ein Ruinengelände aus dem 2. Weltkrieg, ein ehemaliger Rüstungsbetrieb, der beim Beschuss der Stadt 1945 durch die Amerikaner zerstört worden war.

„Zu Schwarzens? Aber das ist doch verboten."

„Ach was." Die beiden Jungen taten sehr überlegen. „Was soll schon passieren?"

„Wir müssen erst einkaufen", sagte Uschi. Marianne war froh, dass sie ihr die Entscheidung abgenommen hatte. Sie hatte wohl Lust, zu Schwarzens zu gehen, aber auch Angst davor. Denn immerhin: Die Eltern hatten es verboten. Aber gerade Verbotenes reizt. Sie hörte sich plötzlich sagen: „Wir kommen nach." Und als Uschi nickte, fügte sie hinzu: „Es dauert nicht lange, wir müssen nur Schulhefte holen."

Da hatten sie also eine Verabredung. Die Mädchen schauten sich an, hielten die Hand vor den Mund und kicherten. Jürgen und Lothar waren nicht übel. Und – na ja, sie waren immerhin schon fast zehn Jahre alt, da durfte man sich schon mal mit Jungs verabreden.

Schnell erledigten sie die Einkäufe und machten sich auf den Weg.

„Da kommen Heidi und Mona." Uschi wies auf die gegenüberliegende Straßenseite.

„Die fehlen uns gerade noch", brummte Marianne unwirsch. Die beiden Mädchen waren ein Jahr älter und vielleicht, ja vielleicht machten sie ihnen die beiden Jungs abspenstig? Viel lieber wäre sie allein mit Uschi zu dem Treffen gegangen. Doch Mona und Heidi hatten sie bereits gesehen. Und als sie hörten wo es hingehen sollte, wollten sie mit.

Als sie sich dem Gelände näherten, sahen sie mehrere Kinder auf den Ruinenbergen herumturnen. Ein ganz Mutiger war an der noch stehenden

Fassade hinauf geklettert und balancierte über eine schmale Mauer zur gegenüberliegenden Seite der Ruine. Bewundernd schauten die anderen Kinder zu. „Das kann ich auch." Weitere Jungs hangelten sich zu der Mauer hinauf und schoben sich Schritt für Schritt über den schmalen Mauervorsprung. Putz bröckelte herab, ein loser Ziegelstein löste sich und kollerte polternd in die Tiefe. Fast wäre der Junge in den Abgrund gestürzt. Erschrocken schrieen die Mädchen auf, die Jungen lachten: „Ihr Angsthasen."

Das Klettern in den Ruinen war als Mutprobe unter den Kindern sehr beliebt. Und bis zu diesem Tag war ja auch noch nichts passiert.

„Kommt", sagte Mona, „die spinnen doch. Bis einer runterstürzt." Die vier

Mädchen liefen über die Schuttberge davon. Plötzlich machte Janni abrupt halt. „Seht mal", sie zeigte auf einen Tunnel, der von einem der Schuttberge ins Innere des ehemaligen Gebäudes führte. LSR stand darauf.

„Was ist das?" Die Mädchen schauten sich ratlos an.

„Ob wir mal reingehen?" Janni, die sehr mutig tat, kletterte vorsichtig über den Berg zur Tunnelöffnung. „Nun kommt schon", trieb sie die anderen an, doch nur Uschi folgte ihr.

Stück für Stück tasteten sich die Kinder über teilweise verschüttete Treppenstufen hinab.

Unten gabelte sich der Eingang nach rechts und links. Die Gänge verloren sich im Dunkeln.

Unsicher schauten sich die beiden Mädchen an. „Gehen wir weiter?"

fragte Janni zweifelnd. „Dort hinten wird es ziemlich dunkel."

„Lieber nicht." Uschi hatte sich bereits umgedreht und strebte dem Ausgang zu. „Vielleicht liegen da noch Leichen?" Als ein herabkollernder Stein ein dumpfes Geräusch verursachte, erschraken die Mädchen und kletterten so schnell sie konnten ins Freie. Oben atmeten sie erleichtert auf. Nein, das wollten sie nicht wieder machen. Wer weiß, was da unten alles noch war.

„Nun, was habt ihr gefunden?" Mona und Heidi warteten neugierig vor dem Eingang.

„Ach, nichts weiter", taten Janni und Uschi ab, ihre ausgestandene Angst wollten sie vor den Freundinnen auf keinen Fall eingestehen. „Dort unten sind nur Gänge und Schutt, nichts weiter."

Plötzlich hörten sie eine Sirene. „Was ist das?"

Ein Krankenwagen fuhr auf das Gelände, zwei Sanitäter sprangen heraus und liefen zu der Mauerruine, wo die Jungs herumgeturnt waren. Lothar und Jürgen kamen auf sie zugerannt. „Los, verschwindet, die Polizei ist da."

Die Kinder rannten ohne sich umzusehen Richtung Straße. Außer Atem kamen sie zu Hause an.

„Und dass ihr nichts erzählt", drohte Jürgen noch, bevor er mit Lothar nach Hause verschwand, „sonst kommen wir alle ins Gefängnis."

Die Mädchen erschauerten. Nein, ins Gefängnis wollten sie nicht.

Janni war an diesem Abend sehr schweigsam. Auf meine Frage, was denn los sei, sagte sie nur: „Ach, nichts, ich muss noch lernen."

Später am Abend klingelte es und Frau Holthausen, Monas Mutti stand vor der Tür. „Kann ich Sie kurz sprechen, Frau Gessner? Es geht um die Kinder."

Ich bat sie herein. Entsetzt hörte ich, was sich heute bei Schwarzens ereignet hatte. Ein Junge war von einem Mauervorsprung in den Keller abgestürzt und hatte sich beide Beine und eine Rippe gebrochen. Zum Glück war nichts Schlimmeres passiert.

„Unsere Mädchen waren auch dabei. Nicht bei dem Unfall, aber auf dem Gelände. Wir müssen unbedingt etwas tun, dass die Ruinen endlich abgerissen werden."

Ich konnte nur nicken, zu tief saß der Schreck in mir. Wenn Janni etwas passiert wäre! Nicht auszudenken! Ich musste mir morgen beide Kinder noch einmal vornehmen und ihnen verbieten, in den Ruinen zu spielen. Das Gelände war zwar mit einem Drahtzaun abgesperrt, aber die Kinder hatten immer wieder einen Weg gefunden, um hinein zu gelangen. Im Krieg waren in den Hallen der „Maschinenfabrik Schwarz" Flugzeugteile hergestellt worden. Kurz vor Ende des Krieges hatten die Amerikaner die Hallen bombardiert und zerstört. Und immer noch, nach fast zwanzig Jahren, war das Gelände nicht beräumt worden. Ein willkommener Spielplatz für die Kinder.

Ein gefährlicher Spielplatz! Das musste sich ändern!

Auf Drängen der Eltern wurden die Ruinen abgetragen, die unterirdischen Keller zugeschüttet und das Gelände planiert.

Doch erfinderisch wie Kinder nun einmal sind, fanden sie andere Mutproben.

Verbote waren dazu da, sie zu umgehen. Wollte ich sie ermahnen, guckten sie mich mit sanftem Tadel an: immer dieses Misstrauen. Und ich schwieg.

Theaterspiele

„Wir haben jetzt auch einen Fernseher." Stolz verkündete Janni ihren Freundinnen diese Neuigkeit. „Gestern Abend habe ich bereits den Sandmann gesehen. Und heute Nachmittag darf ich mir die Kindersendung ansehen."
Glücklich schaute sie in die Runde. Nun hatten sie endlich auch einen Fernseher und sie brauchte nicht mehr eines der Kinder zu betteln, eine Sendung sehen zu dürfen.
Sonntagmorgen, ich bereitete das Mittagessen zu und mein Mann war in den Garten gefahren, hörte ich Janni aus dem Wohnzimmer rufen:
„Mutti, Mutti, komm mal schnell rüber."

Erschrocken, mit noch nassen Händen, sauste ich ins Wohnzimmer. „Ist was passiert?"

Doch Janni und Dieter lachten. „Iwo, du sollst dir mal das Schauspiel ansehen. Sieh mal, die Prinzessin will nicht Geigespielen üben."

Ich schaute zum Fernseher, verfolgte kurz das Geschehen auf dem Bildschirm und sagte trocken: „Wie Du, Janni, genau wie Du. Du willst ja auch nie Geige spielen. Du könntest glatt die Prinzessin sein."

Ich ahnte in diesem Moment nicht, was ich da angerichtet hatte. Später sah ich meine Tochter auf dem Hof mit den anderen Mädchen aus der Nachbarschaft. Sie tollten nicht herum, sondern standen an der Aschegrube und diskutierten eifrig. Was sie wohl zu bereden hatten?

Ich sollte es bald erfahren.

Beim Mittagessen verkündete meine Tochter plötzlich: „Wir werden Theater spielen."

„Wer wir?", fragte Dieter erstaunt.

„Etwa in der Schule?", fragte ich freudig überrascht.

„Kannst du das denn?" Wie immer reagierte mein Mann mit Skepsis.

Unmutig über diese dumme Fragerei antwortete sie kurz: „Wir, das sind Mona, Uschi, Heidi und Rita. Wir werden das Theaterstück nachspielen, das wir heute im Fernsehen gesehen haben." Stolz fügte sie hinzu: „Und ich werde die Prinzessin sein, weil ich Geige spielen kann."

Wir schwiegen verblüfft. Ideen hatten die Kinder. Doch als ich meine Tochter anschaute, war ich überzeugt, dass sie es ernst meinte. Und noch etwas sah ich in ihren Augen: Entschlossenheit und Tatendrang.

„Wir brauchen nur noch einen Raum, wo wir üben können. Dürfen wir wieder ins Waschhaus, Mutti?", wandte sie sich an mich.

„Ich werde mit den Leuten im Haus reden. Sicher haben sie nichts dagegen, wenn sie nicht gerade Wäsche waschen wollen und ihr nicht zu laut seid."

Von diesem Tag an hörte ich die Kinder fast jeden Tag im Waschhaus üben. Sie waren vollkommen bei der Sache.

„So geht das nicht, Winni. Du bist der Soldat und hast dem König eine Meldung zu überbringen. Du musst weite Strecken laufen und das musst du spielen." Janni war unzufrieden mit dem einzigen männlichen

Schauspieler, den sie hatten gewinnen können. Dieter und seine Freunde hatten ihr Werben lachend abgelehnt.

Die Szene wurde wiederholt, doch wieder war Janni unzufrieden. „Der König ist viel zu brav. Du bist der Herrscher dieses Landes", wandte sie sich an Mona, „Du bist gewohnt zu befehlen, das muss man merken." Ärgerlich drehte sie sich zu den anderen um. „Und ihr spielt auch nicht überzeugend, ihr müsst..."

„Nun ist es aber gut. Ich habe genug von dir und deiner Schauspielerei, ich gehe." Mona hatte sich von ihrem ‚Thron' erhoben, warf den königlichen Umhang auf den Boden und ging Richtung Tür. Rita wollte folgen, Winni schaute ratlos von einem zum anderen.

„Das könnt ihr doch nicht machen." Heidi, wie immer die Vernünftigste und Ruhigste von allen, mischte sich in den aufkommenden Streit ein. „Wir wollten es alle, das Theaterspielen und nun müssen wir es auch richtig tun. Janni hat recht, wir spielen viel zu steif. Und da Janni die Hauptrolle spielt, werde ich jetzt die Regie übernehmen."

Gesagt, getan. Heidi war ein überzeugender Regisseur. Und sie hatte ihre Schauspieler voll im Griff. Die Premiere des Stückes fand im Waschhaus statt. Dieter, Kurti, ein paar Fußballfreunde von ihnen und einige jüngere Kinder aus der Umgebung waren die ersten Zuschauer.

Und obwohl Winni bei der Premiere hin und wieder seinen Text vergaß,

Rita ihren Einsatz als Zofe verpasste, Mona als König mit dem Thron umfiel und Marianne über ihr langes Prinzessinnenkleid stolperte und dabei die Geige fast zu Bruch ging, wurde die Aufführung ein voller Erfolg. Sie bekamen viel Beifall.

Bei der zweiten Aufführung vor den Eltern und Mitbewohnern des Hauses klappte es schon besser und die Erwachsenen sparten nicht mit Lob und Anerkennung.

Doch der Höhepunkt wurde die Aufführung in der Schule, vor der gesamten Klasse und der Patenbrigade. Alles klappte wunderbar. Winni hatte seinen Text drauf, keiner verpasste seinen Einsatz, der Thron hielt Monis Gewicht aus, weil diese nicht mehr vor Aufregung darauf hin und her zappelte und

Mariannes Kleid war um ein ganzes Stück gekürzt worden, so dass es keine Stolpergefahr mehr darstellte.

Ganz allein hatten sie alles auf die Beine gestellt. Und als gar ein Artikel in der Zeitung erschien, waren wir Eltern ziemlich stolz auf unsere Kinder.

Der Ausflug

An einem sonnigen Wochenende Mitte Juli – die Schulferien waren gerade eine Woche alt - fuhr Dieter mit zwei seiner Freunde per Rad aufs Dorf zu seinen Großeltern. Sehr zeitig am Morgen fuhren sie los, zum einen, weil es eine weite Strecke war und zum anderen, weil es über Tag wieder sehr heiß werden würde.

Vor Ort wurden sie freudig begrüßt. Ihnen zu Ehren gab es Entenbraten mit Rotkraut und Klößen. Die Jungen hauten tüchtig rein. Nach dem Essen verschwanden sie im Garten. Die Großmutter, die sich zu einem kleinen Nickerchen hingelegt hatte, wurde von einem lauten Geschrei geweckt.

„Ihr verflixten Bengel", hörte sie den Großvater schimpfen, „werdet ihr wohl die Tiere in Ruhe lassen!" Sie spürte förmlich, wie er scherzhaft mit dem Finger drohte, denn Kindern gegenüber hatte ihr Mann noch nie böse sein können.

Einen Augenblick später hörte sie Fußgetrappel und viele Kinderstimmen, die sich rasch entfernten. Was sie jetzt wohl vorhatten, diese Burschen?

Die drei Wasserzuber, zu Booten umfunktioniert, kreuzten in Zickzacklinien über den Dorfteich. Das lag an der geringen Wassertauglichkeit dieser Fahrzeuge. Die zu Steuermännern ernannten Jungen mühten sich redlich mit den langen Stöcken ab. Vor allem der Zuber, in dem Winnie, Dieter und Kurti saßen, kam ob des schweren Gewichtes von Winnie, nur langsam vorwärts. Immer wieder, wenn Winnie losstakte, schwankte das Boot gefährlich von einer Seite auf die andere. Kurti hockte im Heck und hielt sich den Bauch vor Lachen. Winni hob die Stake aus dem Wasser, um das schadenfrohe Lachen zum Schweigen zu bringen. „Wenn du denkst, dass ich zu doof zum Rudern bin, dann kannste ja aussteigen!" schrie er dabei.

Wer weiß, wie der Streit ausgegangen wäre, wenn nicht ein Ganter, dem sie zu dicht auf die Pelle gerückt waren und der seine Gänsefamilie schützen wollte, flügelrauschend auf ihr Boot zugeschossen wäre. Voller Panik versuchten die drei Jungen, das Boot aus der Gefahrenzone hinaus zu manövrieren. Der Gänserich verfolgte sie zischend und da passierte es: Der

Zuber lief voll Wasser und kippte um. Die anderen Jungen kreischten vor Vergnügen, doch die drei Helden wagten kaum, sich im Wasser zu bewegen. Sie standen mit den Füßen auf dem Grund des Teiches, der nicht sehr tief war, aber immer, wenn sie versuchten, dem Nass zu entkommen, hob sich der Ganter aus dem Wasser wie ein Flugzeug beim Start und zischte sie gefährlich an. Und was er für eine Ausdauer hatte! Der hatte ganz bestimmt keine kalten Füße.

„Blödes Viech", knurrte Dieter. „Und so undankbar."

„Wieso undankbar?" zitterte Kurti.

„Weil ich ihn früher, als er noch klein war, immer gefüttert habe."

Das musste man dem Tier lassen, undankbar war es wirklich. Und wenn es nicht bald verschwand, war es schuld, wenn sie hier erfroren.

Da hörten sie die Stimme des Großvaters: „Ule, ule." Und nochmals: „Ule, ule, ule. Na komm schon, Gustl, ich habe feines Futter für dich und deine Familie."

Wie auf Kommando stoben die Gänse davon, vorneweg der gierige Gustl. Die Jungen machten, dass sie ans Ufer kamen. Pudelnass und frierend standen sie vor dem Großvater, der die Gänseschar von ihnen fernhielt.

„So ist das", sprach er streng. Ein Lächeln zuckte um seine Mundwinkel, als er das Häufchen Elend vor sich betrachtete. „Alles rächt sich auf Erden. Wer Böses tut, wird Böses ernten." Damit spielte er auf das Ereignis am Morgen an.

Zerknirscht standen die Jungen vor dem Großvater. Froh, dass alles so gut ausgegangen war, versprachen sie ihm nie wieder kleine Gänse oder anderes Getier zu ärgern. Sie heuchelten Einsicht, ließen die Vorwürfe über sich ergehen, doch in ihren Augen blitzte bereits der Schalk und die Aussicht auf ein neues Abenteuer.

Winterfreuden und -leiden

Über Nacht war es Winter geworden. Tiefer Schnee deckte den gefrorenen Boden zu. Das Land versank in weißem, tiefen Schweigen.

Aber nicht so die Kinder. Kaum war die Schule aus, holte Marianne ihren Schlitten aus dem Keller und traf sich im Hof mit ihren Freundinnen, um rodeln zu gehen. Die Kinder hatten ein ganzes Stück Weg zurückzulegen, um an einen einigermaßen rodelfähigen Hügel zu gelangen. Wenn ich gewusst hätte, dass sie dabei die Zuggleise überquerten, um den Weg abzukürzen, ich glaube, ich hätte keine ruhige Minute gehabt.

Abwartend standen die Mädchen vor den Schienen. Sie schauten nach rechts und links und dann gab eine den

Befehl: „Los, rüber, es ist kein Zug in Sicht."

Sie überquerten schnell die beiden Gleise, sich wohl der Gefahr bewusst, die sie provozierten. Dabei trugen sie die Schlitten in den Händen, denn es war schon vorgekommen, dass sich ein hinterhergezogener Schlitten in den Gleisen verfangen hatte. Doch alles ging glatt. Dieses Mal!

Weiter ging es zum Rodelberg. Nach einiger Zeit wurde ihnen langweilig und sie schauten den großen Jungen beim Skispringen zu.

Die Burschen hatten mitten auf dem Rodelberg eine Sprungschanze ausgebaut. Es war eine Mutprobe, über die Schanze zu springen, eine Mutprobe, der sich alle Jungs stellten. Fast alle.

Nur Winni stand abseits. Er wurde von einigen älteren Jungen ob seiner Unsportlichkeit gehänselt.

„Guckt mal, der Dicke, der traut sich nicht", lachte Benno, ein sechzehnjähriger Junge, der schon mehrmals verwegen den Abhang hinuntergesaust und über die Schanze gesprungen war.

„Los, jetzt du", stipste er Winni mit dem Skistock an.

„Ich kann nicht springen", sagte dieser ängstlich.

„Dann wird's Zeit, dass du es lernst. Oder fürchtest du dich?" Er schaute sich in der Runde um und rief: „Der Dicke traut sich nicht." Die Jungen lachten. Doch nicht alle.

Dieter sagte: „Lasst ihn in Ruhe. Er ist noch nie gesprungen, er muss auf der kleineren Schanze anfangen."

„Kleinere Schanze, die ist was für Babys", lachte der Große.

Nun mischte sich auch Kurti ein: „Wenn ihr den Winni nicht in Frieden lasst, dann setzt es was. Er ist unser Freund und wir lassen ihn nicht beleidigen."

Plötzlich wurde es still. Die beiden Gruppen standen sich feindlich gegenüber und es sah ganz danach aus, als wollten sie aufeinander losgehen. Da ertönte plötzlich ein Schrei: „Da, seht mal."

Die Jungen drehten sich um. Winni hatte sich heimlich ein paar herumstehende Skier angeschnallt und, obwohl die Bindungen nicht passten, schoss er damit abwärts auf den Sprunghügel zu.

„Nicht!", schrieen Dieter und Kurti gleichzeitig, da passierte es. Winni kam auf der Schanze auf, hob ab und – landete kopfüber in einer Schneewehe. Die Wunde am Kopf musste später im Krankenhaus genäht werden. Doch von da ab war er ein Held.

Niemand wagte es mehr, ihn zu hänseln, was sein Selbstbewusstsein enorm stärkte.

Die Mädchen hatten den Jungen zugesehen, aber mit der Zeit wurde ihnen sowohl das Rodeln als auch das Zuschauen langweilig.

„Los, wir gehen zum Todeshang." Wer den Vorschlag gemacht hatte, wusste später keiner mehr. Die Mädchen zogen los. Der Todeshang war eine steile Böschung neben einem Bahngleis. Ein schmaler Weg führte neben dem Schienenstrang entlang. Auf diesem standen nun die Mädchen und schauten den Abhang hinunter, der ihnen mit einmal ungeheuer tief und steil vorkam. Unsicher schauten sie sich an. Vielleicht sollten sie diese Mutprobe lieber doch lassen? Sie mussten ja niemandem etwas beweisen.

„Quatsch, wir sind genauso mutig wie die Jungs. Ich fange an", sagte Mona und sauste auf ihrem Schlitten den Hang hinunter. Sie war schon fast unten, da kam der Schlitten auf einem von oben unsichtbaren Hügel auf, kippte um und Mona kullerte das letzte Stück ohne Schlitten den Abhang hinunter. Unten blieb sie liegen und rührte sich nicht mehr. Entsetzt schauten die Mädchen nach unten.

„Wir müssen was tun", sagte Heidi, „vielleicht hat sie sich was gebrochen. Ich sehe mal nach."

„Nein, lass mich zuerst, ich habe einen Rotkreuzlehrgang mitgemacht und kann ihr vielleicht helfen." Rita hatte sich bereits auf ihren Schlitten geschwungen und fuhr den Hügel hinab. Doch auch sie landete im Schnee und blieb liegen. Nicht anders erging es Uschi. Heidi und Marianne schauten sich entgeistert an. Was war da los? Sollten sie die Jungs holen oder selber nachsehen? Aber wenn sie auch stürzten?

„Ich muss sehen, was da los ist." Kurz entschlossen schwang sich Marianne auf ihren Schlitten und sauste den Abhang hinunter. Angst hatte sie keine, sie hatte den Todeshang schon öfter bewältigt. Unbeschadet kam sie unten an und lief zu Mona. Als sie ihre Freundin umdrehte, flog ihr plötzlich ein

Schneeball ins Gesicht. „Na endlich, ich dachte schon, ich müsste hier ewig so liegen, es wird nämlich langsam kalt." Mona kicherte. „Da haben wir dich toll ausgetrickst, was?"

„Wieso?" Marianne hatte noch immer nicht begriffen, dass die Freundinnen nur den Sturz vorgetäuscht hatten. Doch zum Lachen war ihr nicht zumute. „Wenn euch nun wirklich etwas passiert wäre? Ich wollte schon die Jungs verständigen und Hilfe holen. Nein, das finde ich nicht gut." Beleidigt drehte sie sich um, holte ihren Schlitten und lief über die unberührte Schneefläche Richtung Straße.

„Janni, so warte doch, das war nicht so gemeint. Wir haben doch nur Spaß gemacht." Die drei Mädchen packten ihre Schlitten und liefen Janni hinterher.

Heidi, die noch immer auf dem Abhang stand, schrie und gestikulierte den davonlaufenden Mädchen hinterher. „Wo wollt ihr denn hin. So wartet doch auf mich." Doch die Mädchen hörten sie nicht.

Heidi schaute unschlüssig den Abhang hinunter. Sie hatte Angst vor dem Todeshang, aber noch mehr davor, allein nach Hause laufen zu müssen. Und so stürzte sie sich todesmutig mit ihrem Schlitten den Hang hinab. Doch nun verwandelte sich der Spaß in bitteren Ernst. Heidi stürzte, geriet mit dem Fuß unter den Schlitten und kullerte so den Rest des Berges hinunter. Die Mädchen hatten fast die Straße erreicht, als sie durch ein Wehgeschrei gestoppt wurden. Sie drehten sich um und sahen Heidi im Schnee liegen.

„Jetzt spinnt die auch noch", schimpfte Mona ärgerlich. Doch Heidi simulierte nicht. Sie wurde mit einem gebrochenen Bein und geprellten Rippen ins Krankenhaus eingeliefert.

Man müsste meinen, dass die Mädchen nun von ihren Mutproben geheilt waren. Doch weit gefehlt. Der Todeshang geriet erst in Vergessenheit, als sie ins Teenageralter kamen und andere Dinge für sie wichtig wurden.

Sommerzeit

„Mutti, darf ich Kniestrümpfe anziehen?"

Wenn meine Tochter mit diesen Worten ins Zimmer gestürmt kam, wusste ich: Es war Frühsommer. Und ein Sommer hielt in den Sechzigern noch was er versprach.

Bis in den späten Abend hinein spielte die ganze Kinderschar auf dem Hof. Und es gab keine Unterschiede: Egal ob groß oder klein – man spielte noch gemeinsam. Ob beim Versteckspielen, bei ‚Räuber und Gendarm', bei ‚Fischer wie hoch steht das Wasser' – die Großen brachten den Jüngeren die Spiele bei, die sie einst selber gelernt hatten. Es machte Spaß, den Kindern zuzusehen.

Schon Sonntagmorgen ging es los. Meine Tochter hielt es – im Gegensatz zu ihrem Bruder, der mittlerweile auf den Geschmack des Ausschlafens gekommen war - nie lange im Bett. Sie wollte raus, spielen. Gleich nach dem Frühstück zog sie los.

Ob beim Kreiseln oder Hoppeln – Marianne stellte sich sehr geschickt an, sie wollte immer die Beste sein. Sie war sehr ehrgeizig, auch in der Schule. Über ihre Schulnoten konnte ich mich nicht beklagen. Nur eines ertrug sie nicht: Gängelei oder Bevormundung. Da hatte sie sich schon manchen Ärger eingehandelt. Doch eigenartig, von den größeren Kindern ließ sie sich vieles sagen, da rebellierte sie nicht. Im Gegenteil, was sie von ihnen lernen konnte, nahm sie mit.

An einem schönen Sommerabend bot ich meiner Tochter großmütig an, ihr das Federballspielen beizubringen. Sie kicherte verschmitzt, was ich absolut nicht verstand. Doch dann begriff ich: Sie konnte es bereits!

Und wie sie es konnte! Fast täglich hatte sie mit Doris geübt, heimlich, damit ich es nicht sah. Ich war baff. Doch so war es immer: Das, was meine Tochter wollte, nahm sie ernst, führte sie mit Hingabe aus. Unser Spiel brachte uns viele Zuschauer und Bewunderer ein. Wir wiederholten das öfter. Und an einem dieser Spieleabende wurde meine Tochter ‚entdeckt'.

Von einem Tischtennistrainer. Von da ab trainierte sie regelmäßig und mit Ausdauer. Was ihr etliche sportliche Erfolge einbrachte.

Doch das sommerabendliche Federballspielen behielten wir bei. Und nicht nur wir. Viele Nachbarn schlossen sich an. Und die, die nicht mitspielen konnten oder wollten, schauten zu. Sie saßen auf den Bänken vor den Häusern und ließen den schönen Sommerabend bei einem Schwatz ausklingen.

Wir lebten nun seit einigen Jahren in der Stadt und wir gehörten dazu. Es war ein schönes Gefühl.

Im Juli fuhren Marianne und Dieter für drei Wochen ins Ferienlager. Meine beiden fehlten mir sehr, doch ich erfreute mich an ihren Briefen, in denen sie mir voller Begeisterung alles mitteilten, was sie jeden Tag erleben durften.

Eines Tages im August, sie waren aus dem Ferienlager zurück, ertönte aufgeregtes Schreien aus dem Kinderzimmer. „Mutti, Mutti, der Hansi ist weg." Hansi ist unser Wellensittich.

Dieter hatte den Käfig gesäubert und dabei war Hansi entwischt. Beim Versuch, ihn wieder einzufangen, hatte das liebe Tier die Türöffnung seines Käfigs mit der Fensteröffnung verwechselt oder auch wissentlich eingetauscht, wer weiß das schon, und war in die Freiheit entfleucht.

Diese Aufregung, dieses Geschrei! Die halbe Hausgemeinschaft und Nachbarschaft sauste hinter dem Vogel hinterher, die Kinder vorneweg. Hansi flog auf eine hohe Pappel zu, zwei Häuserblocks von uns entfernt. Er ließ sich nieder und zwitscherte sein Glück ob der erlangten Freiheit seinen Artgenossen im Baum zu. Bis zu uns hinunter war das aufgeregte Gezwitscher der Baumbewohner zu hören. Doch alles Rufen, Flehen, Bitten und Betteln half nichts: Hansi blieb oben auf seinem Ast sitzen. Da war guter Rat teuer.

„Wir müssen ihn mit etwas Bekanntem locken", sagte Peter, ein junger Bursche, der in dem Haus wohnte. Das war leichter gesagt als getan. Sogar sein Futter verschmähte unser Vogel.

„Ich habe eine Idee." Peter stipste Dieter mit dem Finger an: „Du holst seinen Käfig."

Gut, und dann? Er bemerkte Dieters ratlosen Blick und fuhr fort: „Na ja, den stellen wir oben ins Fenster, dort wo ich wohne." Er zeigte auf ein offenes Fenster im ersten Stock. „Und dann locken wir ihn hinein." Erwartungsvoll schaute er sich in der Runde um, auf Beifall wartend ob seines brillanten Vorschlages. Doch der blieb aus.

„Versuchen können wir es ja. Ich hole den Käfig." Wenig überzeugt sauste Dieter los.

Und nun stand er da oben im Fenster, der Käfig, mit offenem Türchen, voller leckerem Futter und zwei aufgeregten Jungen im Hintergrund: Dieter und Peter. Nur unser Vogel ließ sich nicht blicken. Unter standen die Kinder und schrieen, im Baum zeterten die Vögel – es war ein ohrenbetäubender Lärm, der auch vorbeigehende Erwachsene anhalten ließ. Und jeder hatte einen anderen Vorschlag, wie der Vogel einzufangen sei. Doch dieser pfiff auf die vielen guten Ratschläge, im wahrsten Sinne des Wortes. So wurde es Abend. Ob unser Vogel von dem Getue ringsum genervt war, ob die wiedergewonnene Freiheit doch nicht so erheischend war, ob das Futter zog oder ob ihm auf einmal kalt wurde – plötzlich saß unser Hansi auf seinem Käfig. Und vorsichtig, ganz vorsichtig lockte ihn Dieter in sein Häuschen hinein.

Geschafft! Kinder und Passanten atmeten auf. Langsam zerstreute sich der Auflauf. Alle waren zufrieden ob des glücklichen Ausganges des Vogeleinfangens.

Von da ab passte Dieter immer auf, wenn er den Käfig reinigte. Und unser Hansi bekam eine Vogeldame zur Gesellschaft, damit er nicht mehr so einsam war und damit es ihn nie wieder danach gelüstete, in die Freiheit zu entfleuchen.

Dunkle Stunden

Nicht immer verlief alles so friedlich und unterhaltsam in unserer Wohngemeinschaft.

Wie überall gab es auch Streit unter den Kindern oder Streit wegen der Kinder. Zum Beispiel, als mein Sohn seinen Fußball an den Kopf eines Lehrers aus dem Nachbareingang schoss und auf dessen belehrende Worte hin antwortete: „Warum musst Du auch gerade hier langgehen, wo ich spiele."

Er hatte den Ball gegen die Hauswand gekickt.

Oder, als meine Tochter beim Topfschlagen die Uschi am Kopf traf und diese beleidigt abzog. Das alles war zu kitten. Weitaus schwieriger war es, ihnen zu erklären, dass das

Wort ‚Tod' etwas Endgültiges, nicht Regulierbares bedeutet.

Eines Abends im Herbst, ich kam gerade vom Einkaufen und winkte meinen Kinder zu, dass es gleich Abendbrot geben würde, fuhr ein Krankenwagen vor unserem Haus vor und hielt am Nachbareingang. Mit Blaulicht und eingeschalteter Sirene fuhr er wieder fort.

„Da muss etwa passiert sein", raunte Frau Lange mir zu.

Als Janni und Uschi am nächsten Morgen Mona in die Schule abholen wollten, meldete die sich krank. Den Grund erfuhren wir am Nachmittag: Monas Bruder war im Krankenhaus gestorben. Tagelang sah man das Mädchen nicht, dann schaute es hinter geschlossenen Fenstern dem Spiel der anderen Kinder zu. Bis zur

Beerdigung und noch zwei Tage blieb Mona für sich, sie trauerte um ihren kleinen Bruder Jürgen, der nur drei Jahre alt wurde. Aber sie war ein Kind und das Leben ging weiter und so stand sie wieder auf dem Hof, wo die anderen Kinder sie ernst begrüßten. Nach angemessener Trauerzeit nahm Mona wieder an allen Spielen teil, wenn auch gedämpft. Es saß ihr immer noch die Erschöpfung vom Weinen in den Knochen und die Traurigkeit im Gesicht. Doch die Zeit heilt alle Wunden. Und so konnte man Mona auch bald wieder lachen sehen. Und als sie nach einem reichlichen Jahr ein kleines Schwesterchen bekam, kehrte das Glück in die Familie zurück.

Auch andere Familien hatten ein Leid zu tragen. Eines Tages kamen meine Kinder völlig aufgelöst nach Hause. Der ‚dumme Manfred' hatte irgendwie die elterliche Wohnung verlassen können, wo man ihn tagaus tagein aus einem kleinen Fensterchen auf den Spielplatz schauen sah. Die Kinder gruselten sich vor ihm, doch er war ja weggeschlossen, was sollte da passieren?

Manfred hatte seit seiner Geburt einen Hirnschaden. Er konnte lieb und nett sein, aber von einem Moment zum anderen aggressiv werden. An diesem Tag wollte er nur mit den Kindern spielen. Doch als sie kreischend vor ihm davonrannten, wurde er zornig und griff sie an. Zum Glück geschah nichts. Doch von dem Tag an sah man den Jungen nie wieder, er kam in eine Pflegeanstalt. Meine Kinder fragten oft nach ihm. Sie wollten verstehen, warum von dem Jungen etwas Unheimliches und Fremdes ausgegangen war und warum manche Menschen anders waren als sie. Ich erklärte es ihnen. Ich erklärte ihnen auch, dass sie Achtung vor jedem Menschen haben sollen, egal ob jung oder alt, ob klug oder dumm, ob krank oder gesund. Ich bin mir sicher, dass sie das auch schon in ihren jungen Jahren verstanden haben und auch beherzigten.

Und dann traf es uns. Nicht ganz so krass wie man meinen könnte, doch für meine Kinder war es ein großes Unglück. Ein Feriensommer neigte sich seinem Ende entgegen, ein

Sommer voll hochsommerlicher Trägheit und abenteuerlustiger Spiele.

Das letzte Wochenende vor Schulbeginn verbrachten die Kinder bei den Großeltern. Als wir am Freitag auf dem Grundstück eintrafen, machte sich Dieter gerade fertig, um mit Freunden zum Baden zu gehen. Er begrüßte uns nur kurz und war gleich darauf verschwunden. Doch nicht lange und er stand weder auf dem Hof: bleich, mit verstörtem Gesicht, Tränen in den Augen. Er sprach kein Wort, holte einen Karton und Schippe und verschwand so stumm wie er gekommen war.

Plötzlich trottete eine ganze Jungenschar auf den Hof, in der Mitte Dieter, mit dem besagten Karton in den Händen. Da hinein hatte er Susi, unsere Katze, gebettet.

Unser Kätzchen liebte es, herumzustreunen. Ab und zu trieb sie der Hunger nach Hause oder das Bedürfnis, sich auf dem Heuboden einmal ungestört ausschlafen zu können Bei solch einem Ausflug – sie hatte auch laufende Interessen in der näheren Umgebung, die nicht vernachlässigt werden durften – bei solch einem Landausflug war sie unter die Räder eines Autos geraten und getötet worden. Dieter, der zum Baden gehen wollte, hatte sie gefunden – ein stiller Haufen blutigen Felles.

Die Kinder begruben sie feierlich im Garten und wünschten Dieter herzliches Beileid, wie man es ja bei Todesfällen tut. Einen Nachmittag lang mied Dieter die Jungen, hielt Totenwache bei seiner geliebten Katze, nicht ansprechbar, blass und bleich. Nur Marianne duldete er bei sich, die den Kummer um Susi mit ihm teilte.

Nach angemessener Trauerzeit kehrte Dieter auf den Fußballplatz zurück und nahm an den Spielen wieder teil, wenn auch gedämpft. Noch immer saß ihm die Erschütterung über den Tod seiner geliebten Katze in den Knochen. Sie fehlte ihm überall, vor allem beim Dösen in der Mittagshitze auf dem Heuboden, wenn sie sich an ihn geschmiegt hatte oder gegen Morgen, wenn sie von ihren Beutezügen nach Hause kam und sich auf seinem Bett zusammen rollte. Es war das erste Mal, dass die Kinder mit dem Verlust eines geliebten Wesens konfrontiert wurden. Doch auch das mussten sie lernen, das Leben auch Tod bedeutet.

Winter 1963/64

Es schneite seit Tagen. Frau Holle meinte es in diesem Winter ganz besonders gut mit uns. Der Schnee lag so hoch, dass sich unsere Hausgemeinschaft regelrecht zur Haustür herausgraben musste. Die Männer hatten Gänge freigelegt zu allen wichtigen Orten: Aschetonne, Strasse, Nachbareingänge. Der Schnee türmte sich an einigen Stellen bis zu zwei Meter hoch, sehr zur Freude der Kinder. Die tobten ausgelassen in den Schneemassen herum, lieferten sich regelrechte Schneeballschlachten. Doch dann hatten sie eine neue Idee: „Wir bauen eine Schneehütte."
Schnee genug war vorhanden und hoch genug lag er auch. Am Abend waren die Umrisse der Hütte fertig.

Sie wurde mit Wasser begossen, das sofort gefror. Am nächsten Tag, nach der Schule, arbeiteten sich die Jungen Stück für Stück über einen Tunnel in die Hütte hinein. Das Innere wurde ausgehöhlt und fertig war sie – die Schneehütte. Zwei Nachmittage hatten sie daran gearbeitet, und nicht immer friedlich! Das Diskutieren war manchmal bis zu mir an die Nähmaschine gedrungen, und das durch geschlossene Fenster! Sie beschimpften sich gegenseitig mit „Blödmann" oder „Dussel".

Nun also war die Schneehütte fertig. Stolz wurde sie vorgeführt, die Geschwister und Eltern durften nacheinander hineinkriechen. Fünf Kinder und zwei Erwachsene hatten darin Platz. Es war eine beachtliche Leistung! Einige Anwohner, die das

Treiben von der Ferne aus beobachtet hatten, schwiegen überwältigt, als sie die Hütte in ihrer Endfassung erblickten. Die Jungs konnten zu Recht stolz auf sich sein.

Als ich am nächsten Tag die Asche zur Aschegrube brachte, hörte ich eigenartige Töne, die aus dem aufgetürmten Schneehaufen zu kommen schienen. Es dauerte eine ganze Zeit, bis ich merkte, wo genau das rhythmische Bumsen herkam: aus der Schneehütte. Vorsichtig schlich ich mich an die Hütte heran und schob den Vorhang zur Seite, der das Eingangsloch verdeckte. Was ich sah, verschlug mir die Sprache. Es waren nicht die sechs Jungen - Dieter und Kurti, Winni und Gerald und noch zwei, die ich nicht kannte – die mich sprachlos machten, sondern die fantasievolle Einrichtung der Hütte. Diese Wohnkultur!

Da lag ein Laken auf dem Boden, darauf verteilt mehrere Kissen zum Sitzen, damit es nicht so kalt von unten her war. Tassen und Teller standen auf einem Schneebord an der Seite. Welche Mutter mochte die wohl vermissen? Die Krönung war eine alte Petroleumlampe. Sie verbreitete ein behagliches Licht und ließ die Schatten der Jungen an den Schneewänden tanzen. Die waren ganz vertieft in ihr Spiel. Sie hatten Holzbretter, ein Waschbrett und Topfdeckel vor sich liegen und bearbeiteten diese mit diversen Hölzern im Takt. Es klang grässlich, aber schön laut. Schmunzelnd schloss ich den Vorhang wieder. Erstaunlich, dass vierzehn –und fünfzehnjährige Jungen noch so spielen konnten. Aber irgendwie auch schön. Zu alt für etwas zu werden, ist genau so schlimm, wie für etwas zu jung zu sein.

In uns Erwachsenen erweckte das Treiben Erinnerungen an die Jugend. Die Erbauer der Schneehütte waren an Protest gewöhnt und rechneten mit Beschwerden, wurden aber vollkommen überrascht von der Sympathiewelle, die ihnen entgegen schlug. Sogar Fremde baten, ob sie nicht mal hineinschauen dürften. Von dem gespendeten Geld – fast alle Interessenten gaben einen Obolus für das Ansehendürfen – kauften sich die Jungen einen Spirituskocher zum Teekochen und Kekse, zum Bewirten für die Eltern. Die kamen auch nach und nach und feierten Wiedersehen mit ihren verschwundenen Sachen. Doch keiner schimpfte. Alle bewunderten diese anheimelnde Wohnkultur und staunten!

Ihre ansonsten so schlampigen Söhne, als umsichtige Hausmänner.
Wer hätte das gedacht!

Die West-Oma

Glücklich konnte sich im Osten Deutschlands die Familie nennen, die West-Verwandtschaft besaß. Manche haben eine Erb-Tante oder einen Erb-Onkel - wir hatten eine West-Oma.

Solch eine Oma konnte so manchen Kindertraum erfüllen. Zu Weihnachten oder zum Geburtstag kam immer ein Paket mit begehrten Dingen. Einmal – es war der zwölfte Geburtstag meiner Tochter – erhielt sie ein ganz besonderes Geschenk: einen himmelblauen Anorak. Ich werde die strahlenden Augen von Janni nie vergessen. Ein Nylonanorak! Was für ein Schatz! Heißbegehrt, aber nicht zu kaufen. Sie trug ihn stolz in der Schule, neidisch beäugt von den Mitschülerinnen. Und eines Tages war er weg. Gestohlen! Dieses Drama! Verheult, angetan mit einem nicht mehr ganz so himmelblauen Anorak aus Baumwolle, auf dem mitten auf der Vorderseite ein riesiger Fettfleck thronte, kam sie zu Hause an. Da war guter Rat teuer. Kein Trösten wie „der wird schon wieder auftauchen, vielleicht wurde er ja nur vertauscht", half. Sie blieb untröstlich.

Gegen Abend klingelte es an der Wohnungstür. Ich ging öffnen und blieb sprachlos stehen. Vor der Tür stand die Mutter einer Schülerin aus Jannis Schule. Ich kannte sie von Schulveranstaltungen. In der einen Hand hielt sie den Anorak, mit der anderen hatte sie ihre Tochter gepackt, die vergebens versuchte sich aus dem festen Griff zu befreien.

„Da ist die Übeltäterin. Sie hat angeblich aus Versehenen den falschen Anorak erwischt."
Ich sah mir das Mädchen genauer an. Farbenblind war es ganz gewiss nicht. Aber warum Theater machen? Der Anorak war wieder da, Janni überglücklich und das Mädchen und ihre Mutter zufrieden, dass alles so glimpflich abgelaufen war.

Alle paar Jahre kam meine Mutter für einige Wochen zu Besuch. Anträge wurden eingereicht, wieder abgeholt und zugeschickt. Es war nicht einfach, von West nach Ost zu reisen, aber möglich. Andersherum – von Ost nach West - ging es ja nicht mehr.
So rückte der Tag heran, an dem die West-Oma eintreffen sollte. Wir hatten uns fein gemacht und holten sie

am Bahnhof ab. Ich erkannte meine Mutter fast nicht wieder. Seit dem Mauerbau hatten wir uns nicht gesehen. War diese ältere und adrette Dame mit Mantel und Hut meine Mutter? Sie war es.

Zu Hause angekommen wollte sie sich etwas frisch machen und nach der langen Fahrt hinlegen. Sie betrat das Kinderzimmer, zog ihren Mantel aus, nahm den Hut ab und warf ihn mit einem gekonnten Schwung auf den Kleiderschrank.

Die Staubwolke, die aufwirbelte und sich auf Omas graue Haare setze, bereicherte ihre Frisur zwar um weitere hübsche Löckchen, doch die Flocken, die vor Omas Augen herab rieselten, ließen sie nach oben schauen. Das hätte sie nicht tun sollen! Nun bekam sie auch noch Staub in

Nase und Augen und musste herzhaft niesen. Was den Staub abermals aufwirbeln ließ. Meine beiden mussten sich das Lachen verkneifen. Sie standen da und grinsten schadenfroh hinter vorgehaltenen Händen. Auf meine Anweisung hin hatten sie zwar ihr Zimmer ordentlich aufgeräumt und gewienert, aber bis zur Schrankoberseite hatten ihre Putzaktivitäten nicht gereicht.

Doch meine Mutter war nicht nur eine elegante, sondern auch eine kluge Frau. Erst schaute sie ernst ihre Enkel an, dann erschien ein Lächeln um ihre Mundwinkel und zum Schluss lachten wir alle herzhaft über die unfreiwillige Dusche, die Oma genommen hatte.

Was war die West-Oma doch für ein passabler Kerl! Und die schönen Geschenke, die sie mitgebracht hatte.

Meine beiden waren vollauf zufrieden mit dieser Oma, die sie so selten zu Gesicht bekamen. Und die Oma mit ihren Enkelkindern im Osten, die so manches entbehren mussten, die aber desto trotz nicht weniger liebeswert waren als die Enkel im Westen.

Veränderungen

Dieter ging seit Herbst in die Oberschule. Er war nun fünfzehn Jahre alt, also in einem Alter, in dem Knaben bereits nach Mädchen schielten. Nicht so Dieter. Seine Sinne beherrschte nach wie vor der Fußball. Doch dann entdeckte er etwas Neues: die Beatmusik. Von seinem Jugendweihegeld hatte er sich ein Tonbandgerät gekauft. In jeder freien Minute saß er davor und nahm Musik auf. Von Sendern, die eigentlich verboten waren. Und abends im Bett spielte er die Titel ab. Sein treuester Zuhörer war Marianne. Sie hatte absolut nichts dagegen, mithören zu müssen. Das gemeinsame Zimmer wurde zur Musikhalle. Mit zwölf Jahren kannte Janni schon mehr

Beatgruppen und Titel als manch Jugendlicher. Aber sie hörte sich diese Musik nur ihrem Bruder zuliebe an, den sie sehr verehrte. Ihre Interessen bewegten sich noch auf anderen Bahnen. Zum Glück für mich, denn ein pubertierender Jungendlicher in der Familie reichte vollkommen. Wie oft machte ich mir Sorgen, wenn Dieter mit seinem Moped unterwegs war. Doch das war alles nichts gegen die Angst, die ich ausstand, als ein Fußballkumpel mit einem Motorrad angeknattert kam.

„Dieter da?".

Der kam schon aus dem Haus gesaust, Vaters Motorradhelm unterm Arm. Ich erstarrte. Er wollte doch nicht etwa...?

Doch, er wollte. Mir lag schon auf der Zunge „Du fährst aber nicht mit diesem Ding mit", als ich seine bittenden Augen sah. „Mutti, sag nichts, blamiere mich bitte nicht", schienen sie zu flehen. Und so sagte ich nur. „Fahrt vorsichtig."

Er kam unbeschadet zurück. Und schwärmte! Doch zum Glück ließ seine Begeisterung für das Motorradfahren bald nach, er hatte anderes zu tun. Ich war froh darüber und hoffte, dass ich diesen Knaben - meinen Sohn - auch weiterhin unbeschadet groß kriegen würde.

Mit Marianne gab es dagegen kaum Probleme. Sie war ja auch erst zwölf Jahre alt. Das würde sich sicher in einigen Jahren ändern, aber noch genoss sie ihre Kindheit.

Eines Nachmittags wurde ich durch lautes Stimmengewirr auf dem Hof aufmerksam. Von allen Seiten strömten Kinder mit Kissen oder Fußbänken Richtung Wiese. Das war ein Geschnatter und Gelächter.

Was war da los?

Die Mädels hatten wieder einmal eine Idee gehabt, die sie mit anderen Kindern teilen wollten. Sie spielten Puppentheater.

Zwischen zwei Wäschesäulen hatten sie eine Leine gespannt und daran eine Decke befestigt. Fertig war die Puppenbühne.

Die Handpuppen hatte Janni zu Weihnachten bekommen. Es waren wunderschöne handgefertigte Puppen mit Holzköpfen. Wo sie her waren?

Ich weiß es nicht. Ich weiß nur, dass die Großmutter sie bemalt hatte. Und ich hatte Kleider für sie genäht.

Und für diese Puppen hatten sich Mona und Uschi, Heidi und Rita und meine Tochter eine Geschichte ausgedacht. Ich schaute eine Weile aus der Ferne zu. Wie andächtig die Kinder lauschten! Immer mehr Zuschauer fanden sich ein. Auch Erwachsene blieben stehen und verfolgten das Spiel auf der ‚Bühne'.

Die Kinder waren voll dabei sowohl die Spieler als auch die Zuschauer. Die Puppen bewegten sich anmutig auf der provisorischen Bühne. Manchmal hielten die Klammern dem Bewegungsdrang der Puppenspieler nicht stand und die Aufbauten stürzten ein, aber das störte keinen. Nach einem herzlichen Lacher ging das Spiel weiter.

Ich hatte mich schon oft gewundert, wo die Mädchen ihre Ideen hernahmen. Und wo sie übten, das Waschhaus stand nicht immer zur

Verfügung und Jugendclubs gab es noch nicht. Doch irgendwie fanden sie immer eine Lösung.

Ende der Kindheit

Sie hatten zusammen Theater gespielt, gerodelt, gelacht, geweint und sicher manches angestellt, wovon ich an meiner Nähmaschine nie erfahren habe.

Viele Jahre schwamm ihre Fantasie auf gleicher Wellenlänge, verband sie gleiche Interessen und Sehnsüchte.

Doch dann wurde Mona sechzehn. Obwohl da nur ein Altersunterschied von zwölf Monaten zwischen Mona und Uschi und Janni bestand, war da plötzlich eine Kluft zwischen Noch-Kind und Schon-Jugendliche.

„Mona ist frühreif", urteilte man in der Nachbarschaft über sie.

Ihr Freund fuhr ein Motorrad und damit erweiterte sich nicht nur ihr Aktionsradius um etliche Kilometer –

sie entfernte sich immer mehr von Uschi und Janni. Sie suchte nun ausschließlich die Gesellschaft Gleichaltriger oder Älterer, die so tickten wie sie. Die Hosen und Pullover wurden immer enger, die Haare immer länger.

Als ich Janni darauf ansprach, reagierte sie unwirsch. „Na und, so ist das nun mal. Wenn sie meint, dass sie uns nicht mehr braucht, soll sie gehen. Ich habe ja noch Uschi."

Rita hatte schon einen festen Freund, sie war ja schon siebzehn und Heidi hatte neue Freunde in der Oberschule gefunden.

So hat alles seine Zeit.

Doch auch für Marianne kam der Tag, an dem sie Jungs nicht mehr ablehnte. Sie traf sich jetzt wieder öfter mit Mona, nachmittags im Hof unter den

Bäumen. Ob sie noch wussten, dass sie einst an dieser Stelle einen Schatz vergraben hatten? Sicher nicht. Sie hatten jetzt andere Sorgen. Denn immer häufiger waren Jungs bei ihren Treffen dabei. Doch ich machte mir keine Sorgen. Ich war Mariannes Freundin, ich hatte Vertrauen zu ihr und sie zu mir. Sie hatte ein großes Mitteilungsbedürfnis und erzählte mir alles. Wie lange noch? Ich hoffte noch recht lange. Doch es war absehbar, dass die Kinderzeit vorbei war.

Dieter studierte seit einem Jahr an einer Technischen Hochschule und meine kleine Janni kam in die Pubertät. Sie besuchte die zehnte Klasse und würde in zwei Jahren ihr Abitur machen. Dann würde auch sie weggehen zum Studium.

Die Zeit in dem neuen Wohnviertel vor den Toren der Altstadt ging für die Kinder zu Ende. Ein neues Leben begann für sie.

Was würde es bringen? Würden sich alle Jugendträume erfüllen? Irgendwann wird jeder aus seinem Paradies vertrieben. Ich bin vertrieben worden, damals, 1945. Ich war nur wenig älter als Janni heute, als wir die Heimat verlassen mussten. Und ich habe mir damals geschworen, wenn ich einmal Kinder habe, dass sie eine unbekümmerte und fröhliche Kindheit haben sollen. Und die hatten sie. Es ist ein Glück, wenn der Mensch ein Traumland hatte, an das er sich erinnern kann. Später einmal, wenn er es vielleicht braucht.

Hier endet die Kindheit.

Doch es folgte eine nicht minder
schöne Jugendzeit.

Epilog

Irgendwann im Leben fängt man an, sich an Vergangenes, an schöne Stunden im Leben zu erinnern. Wie sagte Astrid Lindgreen: „Kein Alter erlebt man so intensiv wie die Kindheit."
 In dieser Aussage ist viel Wahres. Wir lebten und spielten intensiv, hatten Wünsche und Träume!
Nicht alle gingen in Erfüllung.
Doch wir waren glücklich. Die Zeit hat uns geprägt, aber nicht verbogen.
 Wir mussten Entbehrungen hinnehmen, doch das hat uns nicht geschadet. Im Gegenteil. Sie förderten unsere Fantasie, ließen uns selber kreativ werden.
 Nach dem Krieg geboren, sind wir die Generation, die glaubte, eine gute

Gesellschaft aufzubauen, eine Gesellschaft, in der alle Menschen die gleichen Möglichkeiten zur freien Entfaltung haben. In den siebziger Jahren merkten wir unseren Irrtum, in den Achtzigern begannen wir dagegen zu opponieren. Mit der Wende begann ein Neuanfang. Doch nicht lange – unsere Generation wurde ausgegrenzt und für zu alt befunden.

Es hat eben alles seine Zeit.

Doch zum Träumen sind wir nicht zu alt. Diese sind uns geblieben. Und so träumen wir von dem Paradies, dass wir hatten. Und das wir weitergeben wollen – an unsere Kinder und Kindeskinder. Sie sollen so glücklich sein wie wir es einst waren. Und durch nichts soll dieses Glück zerstört werden.

Durch nichts und niemand!